KB237160

문학과지성 시인선 52

문학과지성사

남해 금산

이성복 시집

문학과지성사에서 펴낸 이성복의 시집

뒹구는 돌은 언제 잠 깨는가(1980)
그 여름의 끝(1990; 개정판 1994)
호랑가시나무의 기억(1993)
정든 유곽에서(1996, 시선집)
아, 입이 없는 것들(2003)
달의 이마에는 물결무늬 자국(2012, 시인선 R)
래여애반다라(2013)

문학과지성 시인선 52

남해 금산

초판 1쇄 발행 1986년 7월 15일
초판 16쇄 발행 1993년 7월 10일
재판 1쇄 발행 1994년 6월 20일
재판 27쇄 발행 2026년 1월 29일

지 은 이 이성복
펴 낸 이 이광호
펴 낸 곳 ㈜**문학과지성사**
등록번호 제1993-000098호
주   소 04034 서울 마포구 잔다리로7길 18(서교동 377-20)
전   화 02)338-7224
팩   스 02)323-4180(편집)   02)338-7221(영업)
전자우편 moonji@moonji.com
홈페이지 www.moonji.com

© 이성복, 1994. Printed in Seoul, Korea

ISBN 89-320-0273-8 02810

문학과지성 시인선 52

남해 금산

이성복

자서

대체로 지난 육 년 사이 씌어진 것들을 다시 묶으며,
처음 들어갔던 길을 다른 쪽으로 돌아나온 듯한 느낌이다.
갈 길은 멀고 좀체로, 발걸음은 떨어지지 않는다.

1986년 6월
이성복

남해 금산

차례

자서

일러두기

시의 제목과 본문에 쓰인 한자는 대부분 한글로 옮겼으며,
필요한 경우 저자와 협의하여 병기하였다(2020년 7월 기준).

서시

간이식당에서 저녁을 사 먹었습니다
늦고 헐한 저녁이 옵니다
낯선 바람이 부는 거리는 미끄럽습니다
사랑하는 사람이여, 당신이 맞은편 골목에서
문득 나를 알아볼 때까지
나는 정처 없습니다

당신이 문득 나를 알아볼 때까지
나는 정처 없습니다
사방에서 새소리 번쩍이며 흘러내리고
어두워가며 몸 뒤트는 풀밭,
당신을 부르는 내 목소리
키 큰 미루나무 사이로 잎잎이 춤춥니다

정적 하나가

정적 하나가 내 가는 길과 들판을 몰아옵니다 나직하던 발걸음 소리가 나둥그러지며 패랭이꽃이 피어납니다 당신을 찾아가는 곳 어디에나 붉은 반점이 돋지요 거친 호흡과 신열身熱은 내 것이고요

휘말린 새들과 뿌리뽑힌 나무를 움켜쥐고서 순식간의 분노를 느끼게 하세요 정적이 나를 피해갑니다 달아나는 정적을 내가 입맞춤하게 해주세요

당신은 짐승, 별,

당신은 짐승, 별, 내 손가락 끝
뜨겁게 타오르는 정적
외로운 사람들이 따 모으는 꽃씨
외로운 사람들의 죽음
순간과 머나먼 곳,
이방異邦의 말이 고요하게 시작됩니다

당신의 살갗 밑으로 대지는 흐릅니다
당신이 나타나면 한 개의 물고기 비늘처럼
무지개 그으며 내가 떨어질 테지만,

테스

12

드문드문 잎이 남은 가을 나무 사이에서
혼례의 옷을 벗어 깔고 여자는 잠을 이루었다

엄청나게 살이 찐 검은 사슴이
바닥 없는 그녀의 잠을 살피고 있었다

기억에는 평화가 오지 않고

기억에는 평화가 오지 않고 기억의 카타콤에는 공기
가 더럽고 아픈 기억의 아픈, 국수 빼는 기계처럼 튼튼한
기억의 막국수, 기억의 원형 경기장에는 혀 떨어진 입과
꼭지 떨어진 젖과…… 찢긴 기억의 천막에는 흰 피가 눈
내림, 내리다 그침, 기억의 따스한 카타콤으로 갈까요,
갑시다, 가자니까, 기억의 눅눅한 카타콤으로!

세월의 습곡이여, 기억의 단층이여

14

무엇과도 바꿀 수 없는 날들이 흘러갔다
강이 하늘로 흐를 때,
명절 떡쌀에 햇살이 부서질 때
우리가 아픈 것은 삶이 우리를
사랑하기 때문이다

무엇과도 바꿀 수 없는 날들이 흘러갔다
흐르는 안개가 아마포처럼 몸에 감길 때,
짐 실은 말 뒷다리가 사람 다리보다 아름다울 때
삶이 가엾다면 우린 거기
묶일 수밖에 없다

나는 식당 주인이

　　나는 식당 주인이 밥 먹는 걸 보았다 사랑스런 재의
날들, 재의 빛나는 날들 나는 길에서 못을 주웠다 빛나
는 못, 빛나는 신음 소리 나는 소가 경 읽는 소리를 들었
다 낭랑한 소의 목소리, 낭랑한 나는 내 누이의 나쁜 기
억 속으로 내려갔다 잠든 사제司祭와 잠든 개들, 나는 모
기 소리로 불렀다 내 아들아…… 삶은 내게 너무 헐겁
다……

치욕에 대하여

치욕은 아름답다 지느러미처럼 섬세하고 유연한 그것
애밴 처녀 눌린 돼지머리 치욕은 달다 치욕은 따스하다
눈처럼 녹아도 이내 딴딴해지는 그것 치욕은 새어나온다
며칠이나 잠 못 이룬 사내의 움푹 팬 두 눈에서,

아지랑이!
소리없이, 간단없이
그대의 시야를 유린하는
아지랑이! 아지랑이! 아지랑이!

그리고 다시 안개가 내렸다

그리고 다시 안개가 내렸다 이곳에 입에 담지 못할 일이 있었다 사람들은 말을 하는 대신 무릎으로 기어 먼 길을 갔다 그리고 다시 안개는 사람들의 살빛으로 빛났고 썩은 전봇대에 푸른 싹이 돋았다 이곳에 입에 담지 못할 일이 있었어! 가담하지 않아도 창피한 일이 있었어! 그때부터 사람이 사람을 만나 개울음 소리를 질렀다

그리고 다시 안개는 사람들을 안방으로 몰아넣었다 소곤소곤 그들은 이야기했다 입을 벌릴 때마다 허연 거품이 입술을 적시고 다시 목구멍으로 내려갔다 마주 보지 말아야 했다 서로의 눈길이 서로를 밀어 안개 속에 가라앉혔다 이따금 기적이 울리고 방바닥이 떠올랐다

아, 이곳에 오래 입에 담지 못할 일이 있었다……

자고 나면 귀갑龜甲 같은 치욕이

자고 나면 귀갑 같은 치욕이 등에 새겨졌다 누이를 빼
놓고는 아무도 몰랐다 낮에는 누울 수 없었다 의자에서
가능한 한, 의자처럼 쪼그리고 세월이 갔다 아버지를 볼
수 없었고 믿을 수 없었다 그사이, 벼들은 자라 한꺼번에
베어졌다

자고 나면 앞뒤로 발가벗은 나무들이 열을 이었다 오
랑캐들이 말 타고 산을 넘어올 것 같았다 귀기울이면 누
이는 낮게, 낮게 소리쳤다 치욕이야, 오빠, 치욕이야! 내
가 몸 비틀면 누이는 날아가버렸다

조금씩, 가슴속의 새집을 뜯어내야 했다
새알의 따스함이 손끝에 묻어났다
자고 나면 새집은 또 가슴 위에 지어졌다

자주 조상들은 울고 있었다

자주 조상들은 울고 있었다 풀뿌리 아래서 울고 있었
다 누이야, 우리가 하늘이라 믿었던 곳은 자갈밭이었지
자주 조상들은 울고 있었다 자갈밭에 엎어져 울고 있었
다 누이야, 자갈밭 아래 도랑에는 검은 피가 흐르고 앞산
구릉에선 늙은 군인들이 참호를 파고 있었지 무어라, 무
어라고 말을 걸면 허공에서 마른 나뭇잎 서걱이었지 누
이야, 자주 조상들은 울고 있었다 마른 나뭇잎 속에서 울
고 있었다

아득한 것이 빗방울로

아득한 것이 빗방울로 얼굴을 스치다
아득한 것이 또 한번 빗겨내리며
그곳을 스치다

그래 나도 간다 몸져누운 사람들 손발을 밟고
머리 타넘어 나도 간다 반지처럼 빛나는 치욕의
긴 긴 사슬 끄을며

개를 만나면 개를 타고 간다 깨벌레를 만나면
깨벌레에 업혀 간다 아득한 것 살던 곳으로 간다
가서, 아득한 치욕 뿌리내릴까

지금은 빗물 고인 길바닥의 그림자로 간다

치욕의 끝

치욕이여,
모락모락 김 나는
한 그릇 쌀밥이여,
꿈꾸는 일이 목 조르는 일 같아
우리 떠난 후에 더욱 빛날 철길이여!

약속의 땅

높은 나무 잎새들은 덧없이 떨리고 팻말들은 쓰러져
있다 아무 일도 약속대로 지켜지지 않았다 늙은 여인들
은 챙 낮은 집에서 울다가 잠이 들고 비린내 나는 아이들
은 여전히 깊은 물가에서 놀고 있다 강한 자들은 여전히
강하고 약한 자들은 끝없이 피라밋을 쌓고 있다 사기, 절
도, 살인, 사기, 절도, 절도, 살인……

약속의 땅에서 삼 년을 머물다가
이곳에 집을 버린 새들을 따라 멀리 갈 것인가
아무 일도 지켜지지 않은 약속의 땅에서
녹슨 풍경風磬 소리 들린다

강변 바닥에 돋는 풀

강변 바닥에 돋는 풀, 달리는 풀
미끄러지는 풀
사나운 꿈자리가 되고
능선 비탈을 타고 오르는 이름 모를 꽃들
고개 떨구고 힘겨워 조는 날,

길가에 차이는 코흘리개 아이들
시름없는 놀이에 겨워 먼 데를 쳐다볼 때

온다, 저기 온다
낡은 가구를 고물상에 넘기고
헐값으로 돌아온 네 엄마
빈 방티에 머리 베고 툇마루에 누우면,

부스럼처럼 피어나는 온 동네 꽃들
가난의 냄새는 코를 찔렀다

인형을 업은 한 아이를

인형을 업은 한 아이를 또 한 아이가 업고 갔다 희망고
물상 옆 희망목욕탕, 좌판에 떡을 벌여놓은 여인은 시름
없이 파리를 쫓았다

한 사내가 아이 둘을 데리고 강가로 걸어갔다 물 속에
서 빨리 해가 끓고 비누 거품에 엉킨 물고기가 거친 숨을
몰아쉬었다

사내가 먼저 작은 아이를 물 속에 밀어넣었다 겁에 질
린 큰 아이가 울면서 달아나다가 사내의 손에 잡혀 물 속
으로 떨어졌다

아버지, 거짓말같이, 아버지……

다시 봄이 왔다

비탈진 공터 언덕 위 푸른 풀이 덮이고 그 아래 웅덩이
옆 미루나무 세 그루 갈라진 밑동에도 푸른 싹이 돋았다
때로 늙은 나무도 젊고 싶은가 보다

기다리던 것이 오지 않는다는 것은 누구나 안다 누가
누구를 사랑하고 누가 누구의 목을 껴안듯이 비틀었는가
나도 안다 돼지 목 따는 동네의 더디고 나른한 세월

때로 우리는 묻는다 우리의 굽은 등에 푸른 싹이 돋을
까 묻고 또 묻지만 비계처럼 씹히는 달착지근한 혀, 항시
우리들 삶은 낡은 유리창에 흔들리는 먼지 낀 풍경 같은
것이었다

흔들리며 보채며 얼핏 잠들기도 하고 그 잠에서 깨일
땐 솟아오르고 싶었다 세차장 고무 호스의 길길이 날뛰
는 물줄기처럼 갈기갈기 찢어지며 아우성치며 울고불고
머리칼 쥐어뜯고 몸부림치면서……

그런 일은 없었다 돼지 목 따는 동네의 더디고 나른한
세월, 풀잎 아래 엎드려 숨죽이면 가슴엔 윤기나는 석탄
층이 깊었다

새들은 이곳에 집을 짓지 않는다

아무도 믿지 않는 허술한 기다림의 세월
순간순간 죄는 색깔을 바꾸었지만
우리는 알아채지 못했다

아무도 믿지 않는 허술한 기다림의 세월
아파트의 기저귀가 수의처럼 바람에 날릴 때
때로 우리 머릿속에 흔들리기도 하던 그네,
새들은 이곳에 집을 짓지 않는다

아파트의 기저귀가 수의처럼 바람에 날릴 때
길바닥 돌 틈의 풀은 목이 마르고
풀은 초록의 고향으로 손 흔들며 가고
먼지 바람이 길 위를 휩쓸었다 풀은 몹시 목이 마르고

먼지 바람이 길 위를 휩쓸었다 황황히,
가슴 조이며 아이들은 도시로 가고
지친 사내들은 처진 어깨로 돌아오고
지금 빛이 안 드는 골방에서 창녀들은 손금을 볼지 모
른다

아무도 믿지 않는 허술한 기다림의 세월
물 밑 송사리떼는 말이 없고,
새들은 이곳에 집을 짓지 않는다

격렬한 고통도 없이

격렬한 고통도 없이 날이 가고 봄 여름이 가고 저녁이면 미친 듯이 떨리는 미루나무 잎새들, 꽃 피는 저녁의 소슬담을 따라가면 흰 벽엔 아이들이 그려놓은 여자와 남자, 남자의 키는 유난히 크고 여자는 긴 머리에 레이스 달린 치마 입었다 그 밑엔 빨간 글씨로《우리 선생님》

격렬한 고통도 없이 날이 가고 사람들은 소리없이 아팠다 아파트 놀이터 모래밭에서 수십만 년 밀린 잠을 자고 나면 잡채다발처럼 걸리는 약속된 땅의 삼십 년, 격렬한 고통도 없이 날이 가고 가슴 조이고 가슴 뛰고 변두리 행길엔 늙은 할아비가 끄는 목마가 있었다 어떤 아이는 빤쓰도 안 입고 올라탔다 올라탄 아이끼리 머리채 꼬나잡고 악쓰며 울었다

잡채다발보다 미끄러운 약속된 땅의 삼십 년, 가난한 여인들이 수군거리는 길을 월부 책장사가 지나갔다, 격렬한 고통도 없이……

높이 치솟은 소나무숲이

높이 치솟은 소나무숲이 불안하였다 밤, 하늘의 구름은 층층이 띠를 이루고 그 사이 하늘은 무늬 넣은 떡처럼 쌓였다 층층이, 하늘에 가면 말이 필요할까 이곳은 말이 통하지 않는 곳

이곳은 말이 통하지 않아! 집에 가면 오늘도 아버지 집에 낯선 사람들이 찾아온다 그들은 모두 피를 본 사람들이다 의로운 자들, 스스로 의롭게 여기는 자들의 입에 피가 묻어 있다 의로운 자들의 입에서 피가 웃는다 아버지는 그들을 몹시 사랑하신다

아, 하고 내 입에서 낮은 한숨이 나온다 오늘 밤 그들은 시끄러운 예언자를 묶어 나무에 매달 것이다 예언자도 그리 믿을 만한 사람은 못 된다 그의 배는 부르고 걱정이 없다 아무도 걱정하는 사람은 없고……

소나무숲은 더욱 불안해진다 달이 소나무숲으로 밀려가고 물은 움직이지 않는다

희미한 불이 꺼지지는 않았다

거기 꺼지지 않는 불이 있었다 가슴인지 엉덩인지 모를 부드러운 것이 어른거렸고, 잡힌 손과 손이 풀렸다 다시 잡히고 꼼짝할 수 없었다 아침인지 저녁인지 분간할 수 없었고, 크게 소리치거나 고개 떨구면 소리없이 불려 나갔다 다시 돌아오지 않았다 그 자리에 눌러앉아 밥을 먹고 변을 보았다 지치면 가족이나 옆사람을 괴롭혔다 쉽게 노여움이 들었고 발 한번 밟아도 불구대천 원수가 되었다 어떤 녀석은 사촌누이의 금이빨을 뽑으러 달려들었다 목을 졸랐다

조금 더 밝아지거나 어두워지기도 했다 조금 더 밝아질 때 희망이라고 했다 다시 어두워졌을 때 희망은 벽 위에 처바른 변 자국 같은 것이었다 천장은 땀에 젖었고 처녀들의 가슴에선 상한 냄새가 났다 까르르, 처녀들이 웃었다 그리고 다시 어두워졌을 때 사내들은 눈꺼풀이 내려온 처녀들을 향해 바지를 내렸다 욕정과 욕정 사이, 영문 모를 아이들이 이리 뛰고 저리 뛰었다

희미한 불이 꺼지지는 않았다 아, 꺼졌으면 하고 중얼거렸다 꺼지지 않았다

신기하다, 신기해, 햇빛 찬연한 밤마다

어째서 산은 삼각형인가 어째서 물은 삼각형으로 흐르지 않는가 어째서 여자 젖가슴은 두 개뿐이고 어미 개의 젖가슴은 여덟 개인가 언제부터 젖가슴은 무덤을 닮았는가 어떻게 한 나무의 꽃들은 같은 색, 같은 무늬를 가졌는가 어째서 달팽이는 딱딱한 껍질 속에서 소리 지르지 않고 귤껍질은 주황색으로 빛나며 풀이 죽는가 귤껍질의 슬픔은 어디서 오는가

어째서 병신들은 바로 걷지 못하고 전봇대는 완강히 버티고 서 있는가 왜 해가 떠도 밤인가 매일 밤 물오리는 어디에서 자는가 무슨 수를 써서 조개는 멋진 껍질을 만드는가 왜 청년들은 월경을 하지 않는가 어째서 동네 깡패들은 의리에 죽고 의리에 사는가 왜 장님은 앞을 못 보고 소방서에서는 불이 나지 않는가 불에 타 죽어가는 새들은 무슨 말을 하는가

왜 술 먹은 사람은 헛소리를 하고 술 안 먹은 사람도 헛소리를 하는가 매일 밤 돌사자는 무엇을 기다리는가 언제부터 풍향계는 우두커니 땅만 내려다보는가 어째서 귀여운 아이들의 볼그레한 뺨은 썩었는가 누가 소녀들의 가랑이를 벌리고 말뚝을 박았는가 언제부터 창녀들은 같

은 길 같은 골목에서 서성거리고 초라한 사내들은 어떻
게 알고 찾아오는가

　신기하다, 신기해, 햇빛 찬연한 밤마다 악몽을 보내주
신 그대,

　목마름을 더 다오! 신열身熱을 더 다오!

이젠 내보내주세요

이곳에 와서 많이 즐거웠습니다 갖은 즐거움 다 겪었
습니다 민짜의 술집 여자들의 퉁퉁 부은 몸은 너무 즐거
워 오래 보기 괴로웠습니다 하얗게 면도한 돼지가 하늘
을 향해 흥흥, 냄새 맡는 것도 보았습니다 얕은 냇물이나
냇물가 조약돌보다 고운 아이들의 웃음도 보았습니다 그
웃음 속에 꼬물거리는 구더기도 보았습니다 즐거웠습니
다 신비로웠습니다
　이젠 내보내주세요, 가야겠습니다
　보내주세요, 풀어주세요, 소리치겠어요, 악쓰겠습니다
　내보내주세요!

가자, 저 나무들도

가자, 저 나무들도 이젠 어두워진다
불빛이 없는 마을에 따라오는 어버이를 묻어주고
미동도 없이 우는 산들을 지나 캄캄한 수풀 앞에 무릎
꿇자
가자, 쫓기는 꿈들 사이 캄캄하게 떠받히기도 하며
가자, 가자, 졸음처럼 내리는 이 괴로움 벗어주고

그런데 저 아이들은 누구인가 꽃 핀 층계에서 노래부
르는
저 아이들은 언제나, 오래전 노래를 목청 높여 부르는
저 새로운 아이들은 언제까지나 거기 있을 것인가……

내 마음아 아직도 기억하니

내 마음아 아직도 기억하니
우리 함께 개를 끌고 옥산玉山에 갈 때
짝짝인 신발 벗어들고 산을 오르던 사내
내 마음아 너도 보았니 한쪽 신발 벗어
하늘 높이 던지던 사내 내 마음아 너도 들었니
인플레가 민들레처럼 피던 시절
민들레 꽃씨처럼 가볍던 그의 웃음소리

우우우, 어디에도 닿지 않는 길 갑자기 넓어지고
우우, 내 마음아 아직도 너는 기억하니

오른손에 맞은 오른뺨이 왼뺨을 그리워하고
머뭇대던 왼손이 오른뺨을 서러워하던 시절
내 마음아 아직도 기억하니 우리 함께 개를 끌고
옥산에 갈 때 민들레 꽃씨처럼 가볍던 그의 웃음소리
내 마음아 아직도 너는 그리워하니 우리 함께
술에 밥 말아 먹어도 취하지 않던 시절을

누런 해 간다

누런 해 간다 누런 해 간다 불 끄고 누런 해 간다
저리로 내달음은 급한 마음이 위험에 빠질까 두려움이고
이리로 내달음은 한번 와서 다시 못 갈까 두려움이고

소 잡아 피 흘리어 땅 적시고 소나무 가지 꺾어
우리 뱃가죽 북을 칠까 누런 해, 누런 해 간다

북소리에 멎을까 아으, 저 북소리에 째질까
누런 해 두 눈 뒤집고 누런 해 간다
아으, 위증즐가 태평성대

누런 해 간다 불 끄고 누런 해 간다

푸른 풀이여

푸른 풀이여
풀 위에 누운 두려움이여
내가 죽고 무엇이 더 죽어야
푸른 네 줄기가 꺾이겠는가

푸른 풀이여
어느 시대, 어느 고을에서도 멀리
무덤 뚜껑을 열고 보는
완강한 물결이여

어느 세대로부터
배다른 다른 세대로까지
물결치듯 너울대는
무겁디, 무거운 어깨춤이여

자꾸만 안으로 감기는 푸른 눈썹이여
잦아들지 않는, 잦아들지 않는 푸른 경련이여

불현 그리움이 물밀어

불현 그리움이 물밀어
거기, 명산名山이 대덕大德이 이를 보이며 껄껄 웃고

너울거리는 강과, 강의 엉덩이를 핥는 바다의 넘실거
리는
너울을 넘어 그가 나를 부르고,
반갑게 내가 대답하고

그가 나를 불러 껄껄거리는 명산과 대덕의
뜨거운 이마를 짚게 하고,
내가 소리쳐 태평가를 부르고

해가 지면 거기 가서 누울 수도 있으리라
나무들은 검은 둥치를 습기 찬 언덕에 비비고
풀숲으로 타닥타닥 겁 많은 벌레들이 튈 때

오, 해가 지면 거기 누워 죽을 수도 있으리라
이 몸, 거친 몸, 이 어이 거친 몸

강

저렇게 버리고도 남는 것이 삶이라면
우리는 어디서 죽을 것인가
저렇게 흐르고도 지치지 않는 것이 희망이라면
우리는 언제 절망할 것인가

해도 달도 숨은 흐린 날
인기척 없는 강가에 서면,
물결 위에 실려가는 조그만 마분지 조각이
미지의 중심에 아픈 배를 비빈다

머잖아 이 욕망도

머잖아 이 욕망도 끊어질 것이다 달그락거리는 기억
의 서랍에 먼지 곱게 쌓일 것이다 명산대천 흐르던 핏물
든 숨소리에 이끼 끼일 것이다 머잖아, 머잖아 근질거리
는 혀에 곰팡이 슬고 이물異物 같은 죽음이 흰피톨 곁에
다가올 것이다

흰피톨이여,
내 죽음 곁에 누울,
흰 바둑돌 같은 누이들이여!

문을 열고 들어가

문을 열고 들어가 너의 어미를 만나라
어미가 누워 있다 오래전부터 앓아왔다
무슨 병인가 묻지 말고 어미의 뜨거운 이마를 짚어라
어미의 열이 너의 이마에 오를 때까지
기다려라, 뜨거운 어미의 열이 너의 가슴을 태울 때까지

또 비가 오면

사랑하는 어머니 비에 젖으신다
사랑하는 어머니 물에 잠기신다
살 속으로 물이 들어가 몸이 불어나도
사랑하는 어머니 미동도 않으신다
빗물이 눈 속 깊은 곳을 적시고
귓속으로 들어가 무수한 물방울을 만들어도
사랑하는 어머니 미동도 않으신다
발밑 잡초가 키를 덮고 아카시아 뿌리가
입 속에 뻗어도 어머니, 뜨거운
어머니 입김 내게로 불어온다

창을 닫고 귀를 막아도 들리는 빗소리,
사랑하는 어머니 비에 젖으신다
사랑하는 어머니 물에 잠기신다

어머니 1

가건물 신축 공사장 한편에 쌓인 각목 더미에서 자기 상체보다 긴 장도리로 각목에 붙은 못을 빼는 여인은 남성, 여성 구분으로서의 여인이다 시커멓게 탄 광대뼈와 퍼질러앉은 엉덩이는 언제 처녀였을까 싶으잖다 아직 바랜 핏자국이 수국꽃 더미로 피어오르는 오월, 나는 스무 해 전 고향 뒷산의 키 큰 소나무 너머, 구름 너머로 차올라가는 그녀를 다시 본다 내가 그네를 높이 차올려 그녀를 따라잡으려 하면 그녀는 벌써 풀밭 위에 내려앉고 아직도 점심 시간이 멀어 힘겹게 힘겹게 장도리로 못을 빼는 여인,

어머니,
촛불과 안개꽃 사이로 올라오는 온갖 하소연을 한쪽 귀로 흘리시면서, 오늘도 화장지 행상에 지친 아들의 손발에, 가슴에 깊이 박힌 못을 뽑으시는 어머니……

어머니 2

아직도 뜨거운 땡볕 아래 흰 수건으로 머리 동이시고
펭귄처럼 가파른 계단을 뒤뚱거리며 오르시는 어머니,
짐 진 하루 해가 공사판 건너 숲속으로 지기가 그리 힘들
던가요 베니어판 흙 떨고 모로 누워도 열덩어리 해는 지
지 않고 어머니, 당신이 잠깐 눈붙인 사이 동네방네 애국
소리 딸꾹질 같아, 공사판 근처 일거리 없는 새들이 가랑
잎처럼 흩어집니다 어머니, 해고되고 해고되고 떠돌아
목젖까지 차오르는 아우들이 바람 불지 않는 가로를 날
아갑니다 아직도 저들은 공사판 근처를 기웃거리며 아내
와 자식들 눈을 속인다고요

날아가세요, 어머니
날아가세요, 베니어판 집어타고
해 떨어지는 곳으로!

수박

여름날 오후 뜨거운 언덕바지를 타고 아파트로 가는 길엔 어른이나 아이나 제 머리통보다 큰 수박 하나씩 비닐끈에 묶어 들고 땀 흘리며, 땀 닦으며 정신없이 기어오른다 그들이 오르막길에서 허우적거릴 땐 손에 달린 수박이 떼구르르 구를 것도 같고, 굴러내려 쇠뭉치로 만든 공처럼 땅속 깊이 묻혀버릴 것도 같지만 무사히, 무사히 수박은 개구멍 같은 아파트 현관 속으로 들어간다

그럼 이제 어떤 일이 벌어지는가 우선 끈에 묶인 수박을 풀고 간단히 씻은 다음, 검은 등에 흰 배의 고등어 같은 부엌칼로 띵띵 부은 수박의 배를 가르면, 끈적거리는 단물을 흘리며 벌겋게 익은 속이 쩍, 갈라 떨어지고 쥐똥 같은 검은 알이 튀어나온다 그러면 저마다 스텐 숟가락을 손에 쥔 아버지와 할머니, 큰아이와 작은놈, 머리를 뒤로 묶은 딸아이가 달겨들어 파먹기 시작하고, 언제나 뒤처리하는 어머니는 이따금 숟가락 집어 거들기도 하지만, 어머니는 입맛이 없다

어느새 수박씨는 마루 여기저기 흩어지고 허연 배때기를 드러낸 수박 껍데기가 깨진 사기 접시처럼 쌓일 때, 아이들은 자리를 박차고 뛰쳐나가고 할머니는 건넌방에

드러눕고 아버지는 값싼 담배를 붙여 물고, 게으르고 긴 연기를 뿜을 것이다

그것은 어느 여름 어른들이 겪었다던 물난리 같은 것일까 질퍽하고 구질구질한 난장판 같은 것일까 아버지의 작업복을 기워 만든 걸레로 마룻바닥을 훔치며 어머니는 바닥 여기저기 묻어 있는 수박물을 볼 것이다 벌건, 그러나 약간은 어둡고, 끈끈한 수박물을…… 왠지 쓸쓸해지기만 하는 어떤 삶을……

성모성월 1

그날 꽃들은 부끄러운 가슴과 눈물겨운 뿌리를 쓰다
듬으며 피어오르고 봄은 달아나는 애인처럼 꽃 속에 묻
혀 자꾸 죽고 싶어 했다 봄은 아랫도리를 가리지 않은 아
이처럼 길가에서 방뇨했고 후후, 뜨거운 입김을 뿜으며
음료수 가게로 달려갔다 아름다운 오월 건조한 고기압
의 땅에서 우리는 자꾸 죽고 싶었다 그날 사마리아 여인
들과 함께 미사를 볼 때 버드나무 꽃가루가 창을 넘어 들
어왔고 우리는 자꾸 죽고 싶었다, 죽을 생각은 없이 천주
의 어린양, 세상의 죄를 없애시는 주여…… 늙은 양들의
기도는 간절했고 우리는 자꾸 죽고 싶었다 흰 나룻배보
다 긴 꽃잎 속에 몸을 감고, 눈부시고 목메어 고개 흔들
며 아무도 밟지 않은 땅을 가고 싶었다 아름다운 오월 버
드나무 꽃가루가 눈을 덮을 때 미사는 끝났고 붉은 제단
에서 식은땀이 흘렀다

사랑의 어머니,
당신의 이름을 힘겹게 부를 때마다
임종의 괴로움을 홀로 누리시는 어머니,

불러주소서
그 눈짓, 그 음성으로
죄의 한 아이를……

성모성월 2

잊혀진 밤—잊혀진 잔치—흰 밤—흰 벌집—몸풀
듯 죄 푸시고—흰 쪽두리—흰 너울로—그날의 흰 향
기—휘저으시는—우리 어머니—흰 근심—흰 날개
—그 위로 섞이는—겁 많은 초록—길이 숨쉬어라—
초록의 아들—흰 꽃의—그림자에 안겨

봄날 아침

봄날 아침이었네 그가 와서 자꾸만 가자고 했네
이마에는 해와 달이 부딪쳐 울고 안개 사이로
나무들의 연한 발목이 끊어질 것 같았네 그가 가자고,
가자고 졸랐네 지난여름 물이 넘친 개울가엔 먹을 것
없는 여인들이 흰 수건 머리에 두르고 둠벙가의
애벌레처럼 굼실거렸네 아버지, 세상의 어머니가
아파요 그의 중얼거림은 내 목을 졸랐네 봄날 아침,
빨리 달리는 자전거의 빗살처럼 세상의 앞날이 지워
지고
있었네 그는 고개를 숙이고 묵묵히 내 내장 속에
몸을 들이밀었네 떠나지 않고 우리는 흰 누에고치처럼
안개의 잠을 잤네 오, 개울가엔 먹을 것 없는
여인들이 털 난 애벌레처럼 꿈틀거렸네

금빛 거미 앞에서

오늘은 노는 날이에요, 어머니
오랫동안 저는 잠자지 못했어요
오랫동안 먹지 못했어요 울지 못했어요
어머니, 저희는 금빛 거미가 쳐놓은
그물에 갇힌 지 오래됐어요
무서워요, 어머니
금빛 거미가 저희를 향해 다가와요
어머니, 무서워요
금빛 거미가 저희를 먹고
흰 실을 뽑을 거예요

분지 일기

슬픔은 가슴보다 크고
흘러가는 것은
연필심보다 가는 납빛 십자가

나는 내 마음을 돌릴 수 없고
아침부터 해가 지는 분지,
나는 내 마음을 돌릴 수 없고
촘촘히, 촘촘히 내리는 비,
그 사이로 나타나는 한 분 어머니

어머니, 어려운 시절이 닥쳐올 거예요
어머니, 당신의 아들이 울고 있어요

너의 깊은 물, 나를 가둔 물

괴로워하기 전에 기다리고
기다리기 어려울 때
한번 숨을 끊고 들여다보는 물
너의 깊은 물, 나를 가둔 물

머리 풀 듯이 괴로움 풀고
속절없이 한세상 지나가면
이 물은 다시 흐를 것인가

형벌이여,
민물에 떠밀리는 이끼처럼
지금의 인후咽喉에 남아 있는
최초의 떨림!

물결이었어, 밀쳐낼 수 없는 물결이었어

많이 꼬이고 꼬여 설레이면서
몸을 바꾸고
바뀐 몸 누여두고
푸른 바람으로 내릴 때

우리가 기억하는 것은
지금 헤매는 거리의
지워진 발자국일까

참으로 불편한 잠을
너는 자고 싶었다
그 잠에서 깨일 땐
깃털처럼 가볍게 떠오르고 싶었다

물결이었어,
밀쳐낼 수 없는 물결이었어,
네 속삭임도, 형체 없는 네 웃음도 저항이었어

그가 오는 길을

그가 오는 길을 나는 안다
바람은 꼬리 아래로 불고
길 잃은 것들의 지느러미가
한없이 흐느적거릴 때

입가에 고이는 물은 술,
젖은 눈에 번지는 관솔불

처음으로 트이는 목구멍에서
조심스럽게 스미는
어두운 목소리,
그가 오는 길을 나는 안다

그대 위의 푸른 나뭇가지들

56

그대 위의 푸른 나뭇가지들
그 위로 밤,
그 위로 하늘, 갈라터진 별들

마음의 갈기가 잔잔히 흔들리고
잊혀진 곳에서 수문水門 열리는 소리

그대가 헤매는 거리를 다 헤매고
마침내 그대 자신을 헤맬 때
기다리라, 기다리라

기적奇蹟처럼 떠오를 푸른 잎사귀

밤은 넓고 드높아

밤은 넓고 드높아 수없이 깔린 별들
서로 싸운다 더는 싸울 수 없는 순간에
별들은 낮게 내린다 더는 내릴 수 없는
순간에 별들은 내 몸에 달라붙는다

이것은 돌아가는 길인가, 오는 길인가
더는 다가설 수 없는 순간에 너를 부른다
네 얼굴을 보여다오,
바늘을 입에 문 물고기처럼

귀에는 세상 것들이

귀에는 세상 것들이 가득하여
구르는 홍방울새 소리 못 듣겠네
아하, 못 듣겠네 자지러지는 저
홍방울새 소리 나는 못 듣겠네
귀에는 흐리고 흐린 날 개가 짖고
그가 가면서 팔로 노를 저어도
내 그를 부르지 못하네 내 그를
붙잡지 못하네 아하, 자지러지는 저
홍방울새 소리 나는 더 못 듣겠네

마음은 헤아릴 수 없이

마음은 헤아릴 수 없이 외로운 것
떨며 멈칫멈칫 물러서는 산빛에도
닿지 못하는 것
행여 안개라도 끼이면
길 떠나는 그를 아무도 막을 수 없지

마음은 헤아릴 수 없이 외로운 것
오래전에 울린 종소리처럼
돌아와 낡은 종각을 부수는 것
아무도 그를 타이를 수 없지
아무도 그에겐 고삐를 맬 수 없지

요단을 건너는 저 가을빛

요단을 건너는 저 가을빛
물결을 지우며 달리는 나룻배 한 척
마음도 그와 같아서……

꺼지리라, 꺼지리라
저 불꽃 꺼지고 나면
거짓말로 위로하고 위로받으리라

조락凋落하는 가을빛을

조락하는 가을빛을 견딜 수만 있다면
어머니 손을 잡고 친척집에 가는 아이처럼
기쁘게, 기쁘게 건너뛸 수만 있다면

내가 그의 눈을 감기고 그의 옷을 고쳐주고
그의 가슴을 묻어줄 수만 있다면

숲이 떠오른다
그날의 숲이 한번 숨쉴 동안 덮여온다

지금 경사를 타고 내려와

62

지금 경사를 타고 내려와 미루나무 한 이파리에
멈추는 햇빛, 짧아져가는 햇빛
지금 내 입술에 멈추는 날카로운 속삭임

나는 괴로워했고 오랫동안 그를 만나지 못했으므로
지금 짧아져가는 그 햇빛을 가로지르는 것들은 아름
답다
오래 나는 그를 만나지 못할 것이므로

가자, 막을 헤치고 거기 가자
부서진 구름도 따스하게 주위를 흐르는 곳

햇빛, 햇빛

겨울날 콜타르 칠한 누런 침목 위
가로누운 두 줄기 철길 정다워라
철길 위 아롱대는 햇빛 방울방울
정다워라 누가 여기 있어 깜박 잠든다
해도 때묻은 자갈돌을 마른 입으로
핥으며 제 새끼 어루듯 어루는 햇빛,
햇빛들 노는 모습 눈에 선해라!

이윽고 머릿속에

이윽고 머릿속에 푸른 바람이 불고 잔모래가 날릴 때
까지 그는 걸었다 마을과 숲과 바다를 지나 그가 서 있는
곳을 그는 확인할 수 없었다 어쩌면 가족들이 살고 있는
집 근처인지도 몰랐다 아무래도 좋았다

거기 얼마나 서 있어야 할지 몰랐다
애가 끓었다,
난로 위의 물주전자처럼

어제는 하루종일 걸었다

어제는 하루종일 걸었다 해가 땅에 꺼지도록
아무 말도 할 말이 없었다
길에서 창녀들이 가로막았다

어쩌면 일이 생각하는 만큼 잘못되지 않은 거라고
생각도 했다 어차피 마찬가지였다
가슴은 여러 개로 분가하여 떼지어 날아갔다

그것들이야 먼 데 계시는
내 어머니에게로 날아갈 테지만

젖은 불빛이 뺨에 흘렀다
날아가고 싶었다, 다만, 까닭을 알 수 없이

그의 집 지붕 위엔

그의 집 지붕 위엔 두 개의 첨탑이 솟아 있었다
아버지, 하고 그는 큰 소리로 불렀다

폐가 앞에서 삼 년을 기다리다가
그는 또 걷기 시작했다 자기를 무너뜨리며

온종일 그는 걸었다 자기를 무너뜨리며
다시 걸었다 어두운 궁릉에선 태아처럼 꼬부리고 잤다
일어나 다시 걸었다

좋은 약도, 사랑도 소용없이
그는 걸어갔다 열덩어리 해가 꺼지지 않는 길을

비로소 져야 할 때를

비로소 져야 할 때를 아는 순간의 아름다움,
불꽃은 바람에 불리어 가슴에 안기고
괴로움은 흔들리는 긴 그림자로 내린다

이 밤에 가수들은 성자처럼 노래하고
몸 파는 이들, 성자처럼 목숨을 팔리라

불꽃은 바람에 불리어 허리 아래로 감기고
괴로움은 발밑에서 빨리 흐른다
이 밤에 한번 숨쉬기는 태어나기보다 어렵다

고통 다음에 오는 것들

고통 다음에 오는 것들,
저 하늘엔 밀고 밀리는 배들,
정다운 사람들은 명절날처럼 성장盛裝하고
떡과 과일을 나누고
나뉘는 슬픔의 몫도 아름답다

고통 다음에 돌아와
저무는 들판을 양팔로 껴안고
저미는 벌레 소리에 머리 수그리면

마침내 괴로움이 켜드는 불,
저 하늘엔 밀고 밀리는 배들,
착한 어버이들이 모여 앉아
맑은 술을 나누고 있다

오래 고통받는 사람은

오래 고통받는 사람은 알 것이다
지는 해의 힘없는 햇빛 한 가닥에도
날카로운 풀잎이 땅에 처지는 것을

그 살에 묻히는 소리없는 괴로움을
제 입술로 핥아주는 가녀린 풀잎

오래 고통받는 사람은 알 것이다
그토록 피해다녔던 치욕이 빽빽한,
빽빽한 사랑이었음을

소리없이 돌아온 부끄러운 이들의 손을 잡고
맞대인 이마에서 이는 따스한 불,

오래 고통받는 이여
네 가슴의 얼마간을
나는 덥힐 수 있으리라

그것은 거의 연극

그것은 거의 연극,
아버지 놀이에도 지친 아이가
물끄러미 바라보는 소꿉놀이
막이 내려도 괴로움은 끝나지 않는다

해가 지고 해가 뜨는 것도 연극
오이꽃이 웃는 것도 연극

고통은 밤하늘에 떠올라 울창한 숲을 이루고
그 아래 또 열기 나는 풀잎 엉클어져
숨소리 거친 골짜기,
꽃 핀 나무들의 괴로움

그것은 거의 연극,
막이 내려도 괴로움은 끝나지 않는다

상류로 거슬러오르는 물고기떼처럼

슬픔이 끝나지 않고 슬픔이라면
그는 또 물 속의 풀잎처럼 살 것이다
오후의 햇빛은 흐르는 물을 푸른 풀밭으로 바꾸고
흐름이 끝나는 데서 물은 머무는 그림자를 버린다

상류로 거슬러오르는 물고기떼처럼
그는 그의 몸짓이 슬픔을 넘어서려는 것을 안다
모든 몸부림이 빛나는 정지를 이루기 위한 것임을

환청 일기

72

붉은 열매들이 환청의 하늘 위에 시들고 있다
나는 들지 않는 칼을 들고 내 희망을 자른다
내가 귀기울일 때마다 그들은 울음을 그친다

우리의 그리움 뒤쪽에 사는 것들이여,
그들은 흙으로 얼굴을 뭉개고 운다

나무들을 넘어 날개 펴는 바다로

나무들을 넘어 날개 펴는 바다로,
이렇게 무너지면서 멈추지 않는 것을
무어라 부르는가?

아침에는 눈감고 다만 눈감고
아무에게도 기대지 않고
진흙의 중심으로 이끌리며 그대를 부르지 않고

그의 이마에서 지는 붉은 흙,
그는 운다
우리가 바라보는 친숙한 것들의 목소리로

핏줄이 번지듯이

핏줄이 번지듯이 빗줄기가 비쳤다
높은 가지 끝에서 식물의 잠을 자다
너는 자주 들켰다

너의 잠은 위험했다
때로, 바닥이 솟아올라
잠자는 너를 흔들었다

네 나라의 어두운 땅과 누추한
사람들을 성화聖化하는 강이
기억의 지도 위를 소리없이 흘렀다
──아무도 흔들어 깨우지 않고,

붉은 열매들이 소리없이

붉은 열매들이 소리없이 삭고 있다
여기 나무들은 허리를 뒤틀거나
자기를 괴롭히지 않는다

돌아오는 길에 햇빛이 강을 따라 어두워갔다
흐르는 강을 따라 어두워지면서
우리는 여윈 어머니의 뒷모습을 얼핏 보았다

종소리도 들리지 않는 곳에서
담쟁이들이 죽은 나무를 감고, 또 감았다

가르쳐주소서, 우리가 저무는 풍경 한가운데서
오후의 햇빛처럼 머무는 법을

여기서는 작은 몸짓 하나도

76

여기서는 작은 몸짓 하나도
소리없는 몸부림이다
인화되고 삭제되는 푸른 기억들이다
여기서는 해와 달도 과자처럼 조용하다

한번 더 기다리면 너는 붉은 열매를 달고
푸른 기억 사이로 흐르는 연한 바람을 느낄 것이다
음지식물들이여, 아직 우리는 그림자를 보여준 적이
없다 그림자를 감춘 내외內外들이 얼핏, 눈감고 있다

햇빛 속에서 땅은

햇빛 속에서 땅은 너의 피부처럼 곱다
아름다운 것들을 그리워하지 않은 죄로
지금 너는 잔잔하게 밀리는 햇빛 속에 녹는다

질경이와 민들레가 핀 물웅덩이 옆에
지나간 싸움과 피고름의 그림자가 있다
아름다운 것들을 다만 생각하지 않은 죄로

너는 그림자 곁에서 기웃거린다
지금, 질경이와 민들레의 꽃 핀 어깨 위로
내리는 햇빛은 얼마나 무거운가

세월의 어깨, 죽음의 등골 위로
하늘 성당의 녹슨 문고리가 떨어진다

연옥의 한끝에서

    바람이 불고 다시 긴 밤을 자야 한다 연옥의 한끝에서
바람은 불고 모래보다 많은 잔잔한 물결을 다스리며 살
[肉]과 잎새들은 태어나고 나는 수풀 속에서 낯선 사람
들을 만난다 밤은 불 붙은 송진 덩어리로 풀과 풀 사이를
밝힌다 연옥의 한끝에서 거룻배 타고 오는 아이들을 기
다리며 나는 나무 위에 잠든 새들을 깨워 이슬 먹은 흙
냄새를 맡게 한다 바람이 불고 다시 긴 밤을 자야 한다
잠들지 않는 환한 몸을 모래보다 많은 물결 위에 실어 보
내며

물과 빛이 끝나는 곳에서

물과 빛이 끝나는 곳에서 종일 바람이 불어 거기 아픈
사람들이 모래집을 짓고 해 지면 놀던 아이들을 불러 추
운 밥을 먹이다

잠결에 그들이 벌린 손은 그리움을 따라가다 벌레 먹
은 나뭇잎이 되고 아직도 썩어가는 한쪽 다리가 평상平床
위에 걸쳐 누워 햇빛을 그리워하다

물과 빛이 끝나는 곳에서 아직도 나는 그들을 그리워
하다 발갛게 타오르는 곤충들의 겹눈에 붙들리고, 불을
켜지 않은 한 세월이 녹슨 자전거를 타고 철망 속으로 들
어가다

물과 빛이 닿지 않는 곳에서 사람들의 얼굴은 벌레 먹
은 그리움이다 그들의 입속에 남은 물이 유일하게 빛나다

밤이 오면 길이

밤이 오면 길이
그대를 데려가리라
그대여 머뭇거리지 마라
물결 위에 뜨는 죽은 아이처럼
우리는 어머니 눈길 위에 떠 있고,
이제 막 날개 펴는 괴로움 하나도
오래전에 예정된 것이었다
그대여 지나가는 낯선 새들이 오면
그대 가슴속 더운 곳에 눕혀라
그대 괴로움이 그대 뜻이 아니듯이
그들은 너무 먼 곳에서 왔다
바람 부는 날 유도화의 잦은 떨림처럼
순한 날들이 오기까지,
그대여 밤이 오는 쪽으로
다가오는 길을 보아라
어둡지도 밝지도 않은 길이
그대를 데려가리라

귀향

밥이 끓듯이 그곳에 우리의 사랑이 끓고 있다
나는 귀기울인다 잔나비가 울 듯이 무언가
해 지기 전에 울고 있다 우리들의 등뼈가
아직 기울지 않은 그림자를 끌고 간다

울음의 바깥에 접힌 하늘은 밥 타는 냄새로
가득하다 아직 때가 되지 않았으므로
우리는 강가에서 저녁을 빨리 해 먹고
물 건너는 사람들을 근심하며 부른다

높은 나무 흰 꽃들의 등燈

　근심으로 가는 짧은 길에 노란 꽃들이 푸른 회초리 같
은 가지 위에 떨고, 높은 나무 흰 꽃들이 등을 세운다 어
디로 가도 무서운 길의 어느 입구에도 흰 꽃들의 등이 자
꾸 떨어지고, 갈수록 어둠 한쪽 켠은 환하고 편하고, 병풍
처럼 열리는 숲의 한가운데서 오래전 새소리 자지러진다

　──용서받지 못했던 날의 잘못이
이마의 못처럼 아프다

아이들아,
우리 살던 날들의 웃음을
다시 웃는 너희 얼굴에
수줍은 우리, 그림자 진다

초록 가지들은 인광燐光의 불을 켜 들고

비가 온다 오늘 저녁에도 나무는 그의 불안을 둥글고
화목한 집으로 만든다 젖어 초록 가지들은 인광의 불을
켜 들고 불과 불 사이, 어두운 데를 골라 부리 긴 새들은
불편한 잠을 준비한다

어디엔들 못 가랴,
바람에 몸 비비는 관목들 앞세우고
사유지의 무너지고 머리 드는
거친 숨결의 밤을 지나

어느덧 우리 둥근 나무의 품속에서
부리 긴 새들의 불안한 꿈이 될 때까지

우린 전혀 다른 흰 꽃들을 느끼며

나무들의 끓는 잎의 밤의 바다
여러 번 돌아눕는 어깨 아픈
잎사귀의 터지는 물길,

한 바람이 지나가고 오래
뜸하다가 다른 바람이 지나가고

그 바람과 물을 뒤섞으며
우린 전혀 다른 흰 꽃들을 느끼며,
끝에서 끝으로 지나가는 빛에 꿰뚫렸다

(나무의 흰 꽃들이 망자亡者의 얼굴처럼 편안하다)

새벽 세시의 나무

빛이 닿지 않는 깊은 품속에서 새벽 세시의 나무는 죽
음을 만든다 보이지 않는 공간에서 보이는 공간으로 그
의 죽음이 푸른 가지를 뻗고 나무는 가장자리의 잎들을
흔든다 의지와 자세를 잊고 새벽 세시의 나무는 서 있다

언제나 초록의 싱싱함을 만드는 죽음은
빛이 닿지 않는 깊은 품속에서
부리 긴 새의 잠을 흔든다

꽃 피는 시절 1

그 사흘 꽃들은 괴로움과 잠자고 제 그림자에 얼굴을
묻었다 꽃이 필 동안의 잔잔한 그리움을 지우고, 조바심
을 지우고 꽃들이 흔들리는 경계 안으로 더 짙은 산그늘
이 필요했다

줄기를 버리고 잎새를 버리고 떠도는 괴로움이 날벌
레보다 가벼울 때
마주 보는 이여,
고이 멎는 그대 입김에도 얼마나 아픈 것이 있는가

꽃 피는 시절 2

저들에게 아직 괴로움의 시간은 남아 있는가 서로 다른 높낮이에서 앞뒤를 돌아보는, 단추같이 희고 작은 저들에게 아직 괴로움의 시간은 남아 있는가

산딸기 덩굴 깊숙이 일가를 이루고 시든 여뀌풀로 허리를 졸라맨 저들은 또 무슨 갑작스런 생각에 묶인 제 허리를 바라보는가

남해 금산

한 여자 돌 속에 묻혀 있었네
그 여자 사랑에 나도 돌 속에 들어갔네
어느 여름 비 많이 오고
그 여자 울면서 돌 속에서 떠나갔네
떠나가는 그 여자 해와 달이 끌어주었네
남해 금산 푸른 하늘가에 나 혼자 있네
남해 금산 푸른 바닷물 속에 나 혼자 잠기네

치욕의 시적 변용

김현
(문학평론가)

깊은 주의를 기울이지 않고 이성복의 시를 읽어나가는 독자들은 그 시들 사이의 거리가 넓고 깊은 것에 우선 당황하게 된다. 때로는 환상소설의 한 장면처럼 납득하기 힘든 정황 묘사가 나오는가 하면, 때로는 그 이유가 선명히 설명되지 않은 절규가 터져나오고 있는 그의 시들은 그것을 이해하고 즐기기 위해 보낸 시간을 헛되이 만드는 듯한 절망감과 허망감을 느끼게 하기도 한다. 거기가 고비다. 그것을 참고 이성복의 시를 천천히 되풀이해 읽을 때, 시들은 서로 친화력을 드러내, 한 편 한 편의 시적 완결성을 넘어서서 이성복적 공간, 한 비평가의 말투를 빌면 이성복적 풍경이라고 부를 수 있는 것을 구성한다. 그 풍경 속에서 독자들은 이성복의 절망·희망·기쁨을 맛보고, 그 풍경 속에서 독자들은 이성복의 기억 속의 여러 삽화들에 부딪힌다. 그것들이 바로 때론 평화로운 서정을, 때로는 절망적인 절규를 내포한다.

이성복이 만드는 풍경은 잘 계산되고 제어된 풍경이다. 그 풍경은 물론 마음의 풍경, 넋의 공간이다. 그것은 시인의 기억 속의 공간이다. 그의 기억 속의 공간, 그가 '카타콤'이라고 부른 지하 묘소에는 "평화가 오지 않고"(p.13), 기억의 원형 경기장에는 "혀 떨어진 입과 꼭지 떨어진 젖과……"(p.13) 같은 것들이 자리잡고 있다. 그런 평화롭지 못한 기억의 작용 때문에 그의 꿈은 언제나 악몽으로 가득하다(p.31). 그 기억들을 의식적으로 모아, 시인은 한 편의 시를 만들었다간 부수고, 다시 만든다. 시인이 따로 발표한 두 편의 장시, 「분지 일기」(1982)와 「약속의 땅」(1983)은 섬세하게 구축된 뛰어난 시들인데, 그것을 그는 산산이 해체하여, 여러 편의 시로 다시 만든다. 그 구축−해체의 움직임은, 시인의 마음이, 악몽에 세련된 시적 형태를 부여하기 싫다는 쪽으로 자꾸 움직이고 있음을 입증한다. 시인은 시인이니까 시를 잘 써야 한다. 그러나 시를 잘 써서 그것을 발표하는 순간, 시인은 그것이 그의 "거친 호흡과 신열"(p.10)에 어울리지 않는 것을 안다. 그것은 악몽에 어울리지 않는다. 그는 그것을 다시 잘게 부순다. 그러나, 놀라워라, 그 부서진 시들이 다시 모여 하나의 긴장된 마음의 공간을 이룬다.

이성복의 구축─해체의 시적 움직임은 한편으로는 "빗물 고인 길바닥의 그림자"(p. 20)와 같은 나의 넋의 도정을 파헤치는 움직임이면서, 또 한편으로는 서정적 자아의 회상의 작용으로 세계의 총체성을 인지하고 자각하려는 시적 움직임이다. 이성복은 그의 기억의 지하 묘소, 그 얽히고설킨 미로에 끈질기게 붙어 있는 악몽의 이미지들을 구축─해체하며, 그렇게 해서 얻어진 시들을 해체─구축하여 삶의 보편적 범주들을 만들어내려 한다. 그가 그의 기억들을 자꾸만 부수고 조립하는 것은 "나를 알아볼 때까지／나는 정처 없"(p. 9)기 때문이다. 정처 없는 사람은 그를 그로 인식시키게 할 표지들을 갖고 있지 않은 사람이다. 그 표지들을 만들어내지 않아도, 그림자 같은 내가 나로 인지될 수 있을까? 그 질문은 그렇다면 그는 왜 표지를 갖고 있지 않는가라는 질문을 유발시킨다. 무엇이 그를 정처 없게 만들었을까? 시인은 시적 화자인 내가 겪은 악몽의 이미지들을 낱낱이 늘어놓지 않는다. 시에 막연히 암시된 것에 의하면, "이곳에 입에 담지 못할 일이 있었어! 가담하지 않아도 창피한 일이 있었어!"(p. 17)라는 정도이다.

그 입에 담지 못할 일들 때문에 사람들은 안방으로 몰려가 "소곤소곤(p. 17) 이야기"할 수밖에 없다. 그 일을 당한 사람은, 역시 시에 막연히 암시된 것에 따르면, 내 누이, 혹은 그냥 누이다. "누이를 빼놓고는 아무도 몰랐다"(p. 18). 화자는 그래서 "아버지를 볼 수 없었고 믿을 수 없었다"(p. 18). 아버지와 누이 사이에 무슨 일이 벌어졌던 것일까? 이성복 시의 특색은 그런 질문을 유발해내는 데 있지만, 더 큰 특색은 그 질문만으로 그치지 않게 하는 데 있다. 이성복은 그 "입에 담지 못할 일"을 개인적인 사적 차원에서뿐만 아니라 보편적인 공적 차원에서 되풀이 물어볼 수 있게 그것의 의미를 크게 확산시킨다. 이곳에 무슨 일이 있었다. 그런데 아무도 말하지 않았다. 그것은 치욕이다. 화자 나는 그것 때문에 치욕을 느낀다. "눈처럼 녹아도 이내 딴딴해지는 그것 치욕은 새어나온다 며칠이나 잠 못 이룬 사내의 움푹 팬 두 눈에서"(p. 16). 그 치욕은 며칠 잠을 이루지 못할 정도의 큰 치욕이다. 아버지는 그런데도 아무 말도 하지 않았다. 그것도 치욕이다. 그 아버지는 단수가 아니라 복수이다. 그 아버지에는 아버지의 아버지들까지 포함된다. "자주 조상들은 울고 있었다 풀뿌리 아래서 울고 있었다 누이야, 우리가 하늘이라 믿었던 곳은 자갈밭이었지"(p. 19). 조상들도 말하지 않았다. 그것도 치욕이다. 왜 말하지 않았을까?

치욕이여,

모락모락 김 나는

한 그릇 쌀밥이여, (p.21)

치욕은 쌀밥 때문에 생겨난다. 아니 치욕이 쌀밥 그
자체이다. 그 치욕의 눈으로 세계를 보면, "아무 일도
약속대로 지켜지지 않았다 늙은 여인들은 챙 낮은 집에
서 울다가 잠이 들고 비린내 나는 아이들은 여전히 깊
은 물가에서 놀고 있다 강한 자들은 여전히 강하고 약
한 자들은 끝없이 피라미드를 쌓고 있다 사기, 절도, 살
인, 사기, 절도, 절도, 살인……"(p.22). 가난한 사람들
동네에선 꽃들도 "부스럼처럼 피어나"(p.23)고, 아이
들이 노는 물 속에선 "비누 거품에 엉킨 물고기가 거친
숨을 몰아쉬"(p.24)고 있다. 그곳에서의 삶은 항시 "낡
은 유리창에 흔들리는 먼지 낀 풍경 같은 것"(p.25)이
어서 "격렬한 고통도 없이 날이 가고 사람들은 소리없
이 아팠다"(p.28). 이곳은 "말이 통하지(p.29) 않는 곳"
이다. "예언자도 그리 믿을 만한 사람은 못 된다 그의
배는 부르고 걱정이 없다"(p.29). 예언자들, 의로운 자
들에 대한 화자의 불신은 매우 깊고 크다. 그런데도 나
는 살아 있다. 살아 있는 것은 생명의 마지막 불길이다.
"희미한 불이 꺼지지는 않았다 아, 꺼졌으면 하고 중얼

거렸다 꺼지지 않았다"(p.30). 왜 나는 살아 있는 것일까? 그는 살 이유를 찾지 못했다. 살 이유가 없다면 죽는 수밖에 없다. 나는 죽음의 강물 위에 몸을 맡기려 한다. "머잖아 이 욕망도 끊어질 것이다 달그락거리는 기억의 서랍에 먼지 곱게 쌓일 것이다 명산대천 흐르던 핏물 든 숨소리에 이끼 끼일 것이다 머잖아, 머잖아 근질거리는 혀에 곰팡이 슬고 이물異物 같은 죽음이 횐피톨 곁에 다가올 것이다"(p.40). 이 세계에는 그러나 화자 나의 죽음을 막는 사람이 있다. 그는 내 치욕을 대신 앓고 있는 내 어머니이다. 어머니는 "촛불과 안개꽃 사이로 올라오는 온갖 하소연을 한쪽 귀로 흘리시면서, 오늘도 화장지 행상에 지친 아들의 손발에, 가슴에 깊이 박힌 못을 뽑"(p.43)고 있다. 그 수일한 이미지에 나오는 어머니를 현실 원칙의 상징인 아버지와 대립시켜 수락과 인종의 상징으로 제시하고 있는 시편들(pp.41~52)은 이성복의 시 중에서 "왠지 쓸쓸해지기만 하는 어떤 삶을"(p.46) 감동적으로 표현하고 있다. 그 어머니 시들은 가슴보다 큰 슬픔을 안고 사는(p.52) 한국의 어머니들을 절제 있게—그 절제 속에 얼마나 큰 울음이 숨어 있는 것이랴—묘사하고 있는 뛰어난 시편들이다. 그러나 화자 나는 어머니와의 유대를 끊고 "나를 가둔 물"(p.53)로 되돌아온다. "머리 풀 듯이 괴로움 풀고/속절없이 한세상 지나가면/이 물은 다시 흐를 것인가"(p.53). 그 죽음의 길은 "돌아가는 길인가, 오는 길인가"(p.57). 오는 길이건 돌아가는 길이건 그 죽음의 길은 방황의 길이다. "온종일 그는 걸었다 자기를 무너뜨리며/다시 걸었다 어두운 궁릉에선 태아처럼 꼬부리고 잤다"(p.66). 그 죽음의 길은 다시 태어나는 길이다. 가는 길은 오는 길인 것이다. 오래 헤매다가, 나는 "그토록 피해다녔던 치욕이 뻑뻑한,/뻑뻑한 사랑이었음을"(p.69) 알게 된다. 그 앎은 고통받은 사람을 이제는 내 가슴으로 덮혀줄 수 있다는 연대감으로 발전해나간다. 죽음의 길에서 찾아낸 그 지혜는 죽음이 삶이며, 삶이 죽음이라는 이미지들 속에 간결하게 표현되어 있다.

언제나 초록의 싱싱함을 만드는 죽음은
빛이 닿지 않는 깊은 품속에서
부리 긴 새의 잠을 흔든다 (p.85)

갔다가 돌아오는 그가 바로 부리 긴 새가 아닐까! 치욕은 죽음의 길에서 지혜롭게 수용되고, 치욕의 누이는 그 수용의 지혜를 보여주는 설화의 자리가 된다. 화자 나는 "남해 금산 푸른 하늘가에" 혼자 있으며, "남해 금산 푸른 바닷물 속에"(p.88) 혼자 잠긴다. 그 앞에 해와 달이 끌어주는 치욕의 여자가 보인다.

한 여자 돌 속에 묻혀 있었네

그 여자 사랑에 나도 돌 속에 들어갔네

어느 여름 비 많이 오고

그 여자 울면서 돌 속에서 떠나갔네

떠나가는 그 여자 해와 달이 끌어주었네 (p.88)

이곳에 무슨 일이 있었다. 치욕을 당한 누이는 화자
의 사랑으로 덥혀져 울면서 떠나간다. 해와 달, 다시 말
해 자연이나 세월이 이끌어준다는 점에서 그 여자의 모
습은 설화적이다. 말을 바꾸면 보편적이다.

이성복이 그린 화자 나의 삶의 도정은 통과제의적 도
정이다. 치욕적인 삶, 죽지 못하게 하는 어머니, 저 세계
로의 길 떠남, 되돌아옴이라는 네 단계의 도정은 시련
과 극복, 죽음과 재생이라는 통과제의의 도정이다. 그것
은 삶의 표면에서 일어난 도정이며 동시에 삶의 내부에
서 일어난 도정이다. 그 도정은 그것이 시작과 종말을
같이 보여준다는 점에서 서사적 도정이다. 서정적 자아
는 회상의 달무리 속에서 삶과 삶을 이루는 사물을 본
다. 그런 의미에서 통과제의적 도정은 서정적 도정이
아니다. 그것은 사건의 선적 움직임에 관련되어 있는
도정이다. 그렇다면 이성복은 서정 시집을 쓴 것이 아
니라 서사 시집을 쓴 것이 아닌가?라는 질문이 생겨날

수 있다. 과연 그의 시집은 여러 면에서 서사적 특질을
드러내고 있다. 우선 시집의 줄거리 자체가 서사적이다.
그것은

    1) 나는 기억의 지하 묘지로 들어간다
    2) 누이는 치욕스런 일을 겪었다
    3) 나는 죽고 싶다
    4) 어머니 때문에 죽음은 유예된다
    5) 나는 죽음의 길을 떠난다
    6) 나는 되돌아온다

라는 핵단위들로 이루어져 있다. 그중에서도 후반의 세
단위들은 매우 서사적이다. 어머니는 "가건물 신축 공
사장 한편에 쌓인 각목 더미에서 자기 상체보다 긴 장
도리로 각목에 붙은 못을 빼는 여인"(p. 43)이며, 그녀
의 아들은 "화장지 행상"(p. 43)이거나 해고 근로자들
(p. 44)이다. 그녀의 가족은 "아버지와 할머니, 큰아이와
작은놈, 머리를 뒤로 묶은 딸아이"(p. 45)로 구성되어 있
다. 그녀의 가족은 고약한 냄새를 풍기는 가난한 가족
들이다. 그다음, 시의 화자는 서정적 자아보다는 서사적
자아에 가깝다. 비교적 드문 예이지만,

    드문드문 잎이 남은 가을 나무 사이에서

혼례의 옷을 벗어 깔고 여자는 잠을 이루었다

엄청나게 살이 찐 검은 사슴이
바닥 없는 그녀의 잠을 살피고 있었다 (p.12)

와 같은 시의 진술자는 묘사의 기능에 충실한 서사적
자아에 가깝다. 그런 예 외에도, 독백·의식의 흐름 등
을 그대로 차용한 시들이 많이 있다. 시의 진술자가 서
사적 자아에 가깝기 때문에 감정이나 감각보다는 지혜
에 가까운 이미지들이 그의 시에는 많이 나온다. "삶이
가엾다면 우린 거기/묶일 수밖에 없다"(p.14), "우리가
아픈 것은 삶이 우리를/사랑하기 때문이다"(p.14), "때
로 늙은 나무도 젊고 싶은가 보다"(p.25), "의로운 자들
의 입에서 피가 웃는다"(p.29), "나뉘는 슬픔의 몫도 아
름답다"(p.68). 그 지혜를 이성복은 그의 시론에서 잠
언성이라 부르고 있다. 그에 의하면, "이 삶을 숙명적
인 것으로 파악할 때 잠언적인 진술이 가능해"진다. "예
를 들자면, 구약의 욥기, 흑인 영가, 고대 민요에서 삶
이 무거운 짐으로" 나타날 때, 그것들은 삶의 지혜와 삶
의 거부를 동시에 표출하고 있다. 이성복의 의식 속에
서 통과제의적 삶은 하나의 숙명이다. 그것을 거부하면
서 거기에서 지혜를 찾아내려 할 때 그의 잠언성이 획
득된다…… 그러한 서사적 양태에도 불구하고 그의 시

집을 서사 시집이라고 단정할 수는 없다. 비록 그의 시집이 "[시인이라는] 개인을 통한 집단적 삶의 개진"이라고 하더라도, 집단적 그리움, 욕망이나 갈등을 드러내는 것은 이성복이라는 시인의 목소리이기 때문이다. 다시 말해 시인의 개인적 감정의 여운 아래서이기 때문이다. 어디를 헤매건, 이성복이 결국 되돌아오는 곳은 그 자신이다.

그대가 헤매는 거리를 다 헤매고
마침내 그대 자신을 헤맬 때 (p.56)

삶의 의미를 물질화하고 있는 푸른 잎사귀가 기적처럼 떠오를 수 있다. 집단을 헤매고 있을 때도 사실은 자신을 헤매고 있다는 느낌이야말로 서정적 자아의 본능적인, 직관적인 느낌이다…… 그러나, 다시 한번, 그의 시집이 서정적 자아의 드러남에 의해 특징지어지고 있다 해서, 그의 시집을 단순한 서정 시집이라고 부를 수는 없다. 그의 시집이 던지는 핵심적인 질문 중의 하나는 차라리 서정적 자아 세계의 총체성을 인지하고 지각할 수 있는가, 더 나아가 그것을 표현할 수 있는가 없는가이다. 대부분의 시인들은 서정적 자아를 서사적 자아로 대치함으로써 그것을 이룩하려 하며, 그런 의미에서 그 시들은 대개 행갈이한 산문에 가깝다. 그러나 이성복에게 특이한 것은 서정적 자아를 포기하지 않고 서사적 자아를 그 속에 수용하려는 시도이다. 세계는 그때 갈등을 일으키고 있는 계급들의 싸움의 자리로 나타나는 대신 계급들의 갈등을 일으키는 근원적 욕망에 대한 본원적 반성의 자리로 나타난다. 이성복에게 있어서는, 그 자신이 그 세계이며, 그 세계를 치욕스럽게 만드는 욕망의 자리이다.

이 뛰어난 시집을 재미있게 읽는 가장 쉬운 방법은 이성복이라는 시인의 감각의 깊이를 따라가보는 방법이다. 가령

당신은 짐승, 별, 내 손가락 끝
뜨겁게 타오르는 정적 (p.11)

이라는 시행을 읽으면서, 짐승, 별, 손가락 끝, 타오르는 정적의 물질적 가치에 힘껏 탐닉해보는 것은, 그것의 형이상학적 의미에 집착하는 것보다 훨씬 재미있다. 형이상학적 의미에 집착할 때 애매하게 드러나는 당신의 이타성은, 물질적으로 접근할 때 생생한 현실로 드러난다. 당신은 짐승 같은 육체성과 별 같은 비육체성을 동시에 갖고 있지만, 내 손가락으로 당신을 만질 때 당신은 말없이 뜨겁게 불타오른다. 그 불타오르는 관능성이

바로 타인의 이타성의 실제적 모습이다. 그런 식으로 이성복의 감각의 깊이를 따라가면, "아우성치며 울고불고 머리칼 쥐어뜯"(p.25)는 것은 "세차장 고무 호스의 길길이 날뛰는 물줄기"(p.25)로 물질화되고, "미끄러운"(p.28) 것은 "잡채다발"(p.28)로 물질화되고 있다. 더 나가면, 고무 호스나 잡채다발은 남성성의 한 표상일 수도 있다. 동시에 이성복에게 있어, 가벼운 것은 웃음 소리, 민들레 꽃씨, 인플레(p.35)로 물질화되고 있는데, 웃음 소리에서 연상되는 흰 이빨, 흰 이빨에서 연상되는 흰 꽃씨, 그리고 [민]들레에서 연상되는 인플레가 가벼움이라는 의미소 주위에 뭉쳐 있다. 물질적 이미지는 말재간의 이미지이기도 한 것이다.

거기 얼마나 서 있어야 할지 몰랐다
애가 끓었다,
난로 위의 물주전자처럼 (p.64)

과 같은 시행은 그것을 분명하게 보여준다. 그러나 실제로 내 마음을 감동시키는 것은 그런 말재간보다는,

가슴은 여러 개로 분가하여 떼지어 날아갔다

그것들이야 먼 데 계시는

내 어머니에게로 날아갈 테지만

젖은 불빛이 뺨에 흘렀다 (p.65)

에서 볼 수 있는 가로등 불빛에 반짝이는 눈물을 젖은 불빛이라고 묘사하는 시행이나,

어머니, 무서워요
금빛 거미가 저희를 먹고
흰 실을 뽑을 거예요 (p.51)

에서 볼 수 있듯이 노동을 착취하여 자본을 증식시키는 행위 주체를 금빛 거미로 묘사하는 시행들이다. 그것들은 말의 깊은 의미에서 감각이란 실존의 고뇌에 다름아니라는 것을 보여준다.

이성복의 시적 자아는 그것이 세계라고 생각한 것 하나하나에 다 같은 주의력을 갖고 반응한다. 그것은 들판의 들풀에서부터 죽음의 강에 이르기까지 그가 인지하고 상상한 모든 것을 수용한다. 그중에서도 가난, 어머니, 세상 버림을 노래할 때의 시적 자아의 목소리는 특히 아름답다.

강변 바닥에 돋는 풀, 달리는 풀
미끄러지는 풀
사나운 꿈자리가 되고
능선 비탈을 타고 오르는 이름 모를 꽃들
고개 떨구고 힘겨워 조는 날,

길가에 차이는 코흘리개 아이들
시름없는 놀이에 겨워 먼 데를 쳐다볼 때

온다, 저기 온다
낡은 가구를 고물상에 넘기고
헐값으로 돌아온 네 엄마
빈 방티에 머리 베고 툇마루에 누우면,

부스럼처럼 피어나는 온 동네 꽃들
가난의 냄새는 코를 찔렀다 (p.23)

　위의 시는 가난을 묘사하고 있지만, 그 가난은 가난
을 싸움의 전제 조건으로 내세우는 과시적 가난도 아니
며, 가난을 저주받은 생존 범주로 내세우는 절망적 가
난도 아니다. 그 가난은 있는 그대로의 가난이며, 그곳
에서는 살기가 힘들다는 괴로움으로서의 가난이다. 그
있는 그대로의 가난을 전투력의 결여──보라, 그 가난

의 공간에 있는 코흘리개 아이들은 "시름없는 놀이에 겨워 먼 데를 쳐다"(p. 23)보고 있다——를 들어 수용적 가난이라고 비판하고, 안병무처럼 "가난한 자는 민중의 주체적 실체로서 구원의 대상이 아니라 구원의 주체"라고 주장할 수는 있지만, 그렇다고 해서 이 시의 값어치가 떨어지는 것은 아니다. 왜냐하면 우선은 가난한 자는 구원의 주체가 아니라, 차라리 구원이 솟아나는 자리이기 때문이며——그래야 마음이 가난한 자도 구원받을 수 있을 것이 아닌가!——, 그다음에는 농민·노동자에게 농민·노동자의 가난함을 일깨워주는 시도 중요하지만, 고소득층, 중산층에게 가난의 공간을 이해시키고, 그들을 부끄럽게 만드는 시도 중요하기 때문이다. (지나는 길에 지적하자면, 방티란 경상도 사투리로 머리에 이는 함지박을 뜻한다.)

그러나 나는 이성복의 가난의 시들보다, 그의 어머니 시, 세상 버림의 노래들에 훨씬 더 끌린다. 나에게는 그의 시적 상상력이 그쪽에 훨씬 더 어울려 보인다.

사랑하는 어머니 비에 젖으신다
사랑하는 어머니 물에 잠기신다
살 속으로 물이 들어가 몸이 불어나도
사랑하는 어머니 미동도 않으신다
빗물이 눈 속 깊은 곳을 적시고

귓속으로 들어가 무수한 물방울을 만들어도
사랑하는 어머니 미동도 않으신다
발밑 잡초가 키를 덮고 아카시아 뿌리가
입 속에 뻗어도 어머니, 뜨거운
어머니 입김 내게로 불어온다

창을 닫고 비를 막아도 들리는 빗소리,
사랑하는 어머니 비에 젖으신다
사랑하는 어머니 물에 잠기신다 (p.42)

　이 시에서의 어머니는 삶 속에서 만날 수 있는 어머니이며 동시에 세계 내에 삶의 원리, 아니 여건으로 존재하는 대지모신으로서의 어머니이다. 그 어머니는 어떤 재난이 그녀를 덮쳐도 "미동도 않으신다"(p.42). 그 어머니의 받아들임, 고뇌, 절망을 시인은 비—땅의 물질적 이미지로 바꿔 표현하고 있지만, 그것을 시인은 잊을 수가 없다. 어머니는 "창을 닫고 귀를 막아도 들리는 빗소리"를 미동도 않고 받아넘긴다. 그 어머니야말로 고통스러운 삶을 수락하는 원리 자체이다. 그 수락이 단순한 체념일까? 나는 그렇게 생각하는 사람들이 많다는 것을 알고 있지만, 그들이 무의식중에 다른 수락을 받아들이고 있음도 알고 있다. 사람은 24시간 내내 신경을 곤두세우고 살 수는 없는 법이다. 잘 싸우기 위해서는 어디선가 쉬어야 한다. 어머니는 그 신경 곤두선 싸움의 자리에 미동도 않고 버티고 있는 휴식과 안락의 자리이다. 그 어머니가 있어도 때로 세계는 버리고 싶은 장소이다.

> 요단을 건너는 저 가을빛
> 물결을 지우며 달리는 나룻배 한 척
> 마음도 그와 같아서……
>
> 꺼지리라, 꺼지리라
> 저 불꽃 꺼지고 나면
> 거짓말로 위로하고 위로받으리라 (p.60)

마음은 요단강을 건너는 나룻배와도 같고, 꺼져가는 가을빛과도 같다. 요단강이나 가을빛이라는 서구적 이미지의 도움을 받고 있지만, 꺼지고 싶은 삶의 불꽃이라는 이미지는 애절하게 울린다. 그 애절함이야말로 수박 먹는 가족들의 모습에서 배어나오는 "왠지 쓸쓸해지기만 하는 어떤 삶"(p.46)의 모습 바로 그것이다. 그 애절함은 죽고 싶다는 절규를 뒤에 깔고 있으며, 그것은 때로 실현되기도 한다. 마음은 정말 "헤아릴 수 없이 외로운 것"(p.59)인가 보다. ▨